KB182581

··· 새똥을 세 번 맞은 날 ···

하루 하루 또 하루

윤성은 글·김보라 그림

문학동네

새똥을 세 번 맞으면

상쾌한 3월의 아침, 오하루가 학교에 가고 있어요. 책가방이 자기 몸집만큼 커다래요. 이래 봬도 어엿한 둥지초등학교 2학년이에요. 머리카락이 길면 노는 데 방해되니까 짧게 잘랐지요. 그 바람에 곱슬머리가 항상 부스스해서 까치집 같아요.

이제 길만 건너면 학교예요. 오늘은 신호등이 딱 맞춰 파란불로 바뀌었어요. 운이 좋아요. 하루 시작이 괜찮네요.

기분 좋게 횡단보도로 한 걸음 내딛는 순간, 오하루 머리 위로 무언가 툭 떨어졌어요.

"으악! 새가 오하루한테 똥 쌌다!"

이천재가 소리쳤어요.

머리를 만져 보니 축축하고 뜨끈해요. 아, 이런.
진짜 새똥이에요.

이천재는 오하루를 보고 배를 잡고 웃었어요.
오하루는 이천재를 무시하고 길을 건넜어요. 하지만
이천재의 웃음소리가 계속 따라오는 것 같았어요.

오하루는 학교에 오자마자 수돗가로 달려가
물을 세게 틀었어요. 머리에 묻은 새똥을 씻어 내며
생각했지요.

'반드시 복수할 거야!'

오하루는 자기 머리에 똥
싼 새보다도 깔깔 웃은
이천재가 더 미웠어요.
새똥을 맞아 당황스럽고
찝찝한데 친구를
도와주진 못할망정 놀려
대다니.

오하루는 수업 시간 내내 이천재한테 어떻게
복수할까 고민했어요.

아무리 생각해 봐도 떠오르는 건 없었어요. 그러다
수업이 다 끝나고 집에 돌아갈 시간이 되어 버렸지요.

오하루가 가방을 싸는데 이천재가 불렀어요.

"오하루! 공 차러 가자!"

오하루는 자기도 모르게 헤벌쭉 웃었어요.
친구들이랑 운동장에서 축구 하는 게 가장 좋거든요.

다른 친구들은 바쁘다며 다 가 버렸어요. 뭐가
그렇게 바쁜지 모르겠어요. 그래서 오하루랑 이천재,
김민경 셋이서 공을 차러 갔어요. 김민경은 이천재
짝이에요. 먹는 거를 세상에서 가장 좋아하고 엄청
크게 웃어요.

가위바위보에서 진 김민경이 골키퍼가 되었어요.
오하루와 이천재가 같은 골문에 공을 차는 거지요.

운동장에서 한참을 달리니 오하루는 기분이
풀렸어요. 아침에 새똥 맞은 것도 놀림받은 것도
바람에 다 날아가 버렸어요. 골문과 축구공만
보였어요. 오하루는 골문을 향해 힘껏 공을 찼어요.

슛! 골인!

오하루는 신나서 양팔을 번쩍 들고 달렸어요.

"꼬오오오올!"

순간 오하루 콧등이 따뜻해졌어요. 뭔가 하고
만져 보니, 또 새똥이에요. 이 모습을 보고 김민경이
데굴데굴 구르며 아주 큰 소리로 웃었어요.

"으하하하!"

골대 위로 날아 앉은 까치도 킥킥거렸어요.
이천재는 웃음을 참으며 축구 해설 위원을 흉내
냈어요.

"아, 아깝습니다! 까치 선수! 조금만 더 빨랐다면
오하루 선수의 입안에 골인할 수 있었을 텐데요!"

오하루는 수돗가로 달려갔어요. 콧등에서
흘러내리는 새똥을 씻어 내고 입을 헹궜지요.

"울걱울걱…… 카악, 퉤!"

하루에 두 번이나 새똥을 맞다니, 오늘은 진짜 진짜
재수 없는 날이에요.

김민경과 이천재가 수돗가로 따라왔어요.
오하루에게 변기라고 놀리면서요. 오하루는 그 둘이
꼴도 보기 싫었어요.

"너네 그 얘기 들어 봤어? 우리 할아버지가
그러는데, 새똥을 하루에 세 번 맞으면 소원이
이루어진대."

갑자기 이천재가 진지해졌어요.

오하루는 귀가 번쩍 뜨였어요.

"진짜?"

"응, 진짜. 단, 소원은 세 번째 똥을 맞는 동시에
말해야 해."

이천재가 주변을 살피면서 낮은 소리로 말했어요.

"어제 할아버지가 시골서 올라오셨거든. 우리 집에
오는 길에……."

이천재는 침을 꼴딱 삼키더니 가까이 오라고 손짓했어요. 김민경과 오하루가 얼굴을 들이대자 이천재가 속삭였어요.

"새똥을 세 번 맞고 소원이 이루어졌어."

"소원?"

무슨 근사한 일이 벌어졌을까. 오하루는 심장이 두근두근했어요.

"삼촌이 면접 본 회사에서 연락이 왔어. 나와서 일하라고."

이천재의 말에 오하루가 풍선 바람 빠지는 소리를 냈어요.

"치이, 그게 무슨 소원이야. 시시하게."

이천재가 눈을 동그랗게 떴어요.

"네가 뭘 몰라서 그래. 요즘 취직하기가 얼마나 힘든데. 우리 삼촌 삼 년 동안 백수였거든. 할아버지 소원이 삼촌 취직하는 거였다고. 이건 기적이나

다름없어."

김민경과 오하루는 고개를 끄덕였어요.

오하루는 가끔 이천재가 똑똑하다고 느껴요.
지금이 바로 그런 순간이지요. 이천재가 공부는
못해도 세상 돌아가는 일은 잘 아는 것 같아요.

"그리고 삼촌이랑 엄마 아빠 셋이서 화투를 치는데,
삼촌이 세 번 싸서 이긴 적도 있다니까."

"세 번 싸다니, 그게 뭐야?"

오하루가 물었어요.

"나도 잘 몰라. 아무튼 좋아했어.
재수 없는 일도 세 번 겹치면
행운이 온다는 소리 같아."

생각해 보니 이천재
말이 맞는 것 같아요.

한종일이랑 같은 반이
된 그날, 잘은 기억나지

않지만 재수 없는 일이 세 번 있었던 것 같아요.
한종일은 행운이니까요.

한종일은 사람이든 동물이든 모두에게 다정해요.
며칠 전에는 교실 안에 들어온 커다란 날벌레를
조심조심 창문 밖으로 보내 주었어요. 다른 친구들과
선생님은 비명을 지르며 빌레를 잡으려고 했는데
말이죠. 벌레에게까지 다정하다니! 그때부터 오하루는
한종일을 좋아해요.

김민경과 이천재는 배가 고프다며 집으로 갔어요.

혼자 남은 오하루는 운동장을 천천히 걸으며
생각했지요.

'새똥을 한 번 더 맞으면 소원이 이루어진다고?
무슨 소원을 빌지? 김민경이랑 이천재가 또 나를
놀리면 입을 딱 붙여 주세요. 아냐, 이건 너무
잔인하잖아. 밥은 먹어야지. 한종일이 나를 좋아하게
해 주세요. 아니 아니, 이것도 아니야. 한종일이 날

좋아하면, 그럼 뭐, 손잡겠지. 손잡으면
좋겠지. 근데…… 조금 부끄러운데.
애들이 놀릴 수도 있잖아. 하, 어쩌지?'
오하루는 한참을 고민하다 외쳤어요.
"그래, 결심했어!"
이제 소원도 정했으니 새똥을 한 번만
더 맞으면 돼요. 우선 방금 새똥을 맞았던
운동장에서 기회를 노렸어요. 아까처럼 두
팔을 벌리고 빠르게 달렸지요.

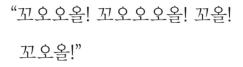

　　"꼬오오오올! 꼬오오오오올! 꼬올!
　　꼬오올!"

　　온 세상 새들이 다 들을 수
　　있게 소리를 지르면서요. 멀리서

학교 보안관 아저씨가 이상하다는 듯이
쳐다봤어요. 그래서 한 바퀴밖에 못
돌았어요. 새똥은커녕 새 구경도 못
했고요.

　오하루는 서둘러 학교 앞 횡단보도로
달려갔어요. 아침에 이곳에서 새똥을
맞았으니까 어쩌면 또 맞을 수도 있을
것 같았어요. 오하루는 파란불을
기다렸다가 횡단보도 건너기를 열 번이나
했어요. 그런데도 새똥은 맞지
못했어요.

집으로 털레털레 걸어가는데 오하루 귀에 참새 소리가 들렸어요. 짹짹 소리가 '똥 싸 줄게. 이리 와. 똥 싸 줄게. 이리 와.'라고 말하는 것 같았어요.

번뜩! 오하루에게 좋은 작전이 떠올랐어요. 새 둥지 밑에서 기다리는 거예요. 오하루는 화장실 가는 게 귀찮을 때가 있거든요. 새들도 그렇지 않을까요? 둥지 밖으로 엉덩이만 쏙 내놓고 똥을 쌀지도 몰라요.

오하루는 새소리가 나는 커다란 나무 아래로 갔어요. 오하루의 생각대로였어요. 바닥 여기저기 새똥이 보였어요. 오하루는 미소 지으며 나무를 올려다봤어요. 나뭇가지 사이로 참새가 왔다 갔다 하고 있어요. 저기에 둥지가 있나 봐요. 오하루는 나무 밑에 앉았어요. 금방이라도 참새들이 똥을 싸 줄 것 같았어요.

그런데 좀처럼 똥이 떨어지지 않아요. 참새들이 너무 바빠 보였지요. 오하루도 바쁠 때는 똥을 참기도 해요. 참새들도 그럴지 몰라요.

하지만 꼼짝 않고 앉아서 새 둥지만 올려다보고 있자니 몸이 근질근질했어요. 새똥을 맞는 더 좋은 방법이 있을 것 같았어요. 오하루는 자신이 언제 똥을 싸는지 생각해 봤어요.

맞다! 많이 먹으면 많이 싸요.

입장 바꿔 생각해 보니 답이 쉽게 나와요. 다음 작전은 새에게 먹이 잔뜩 주기예요.

오하루는 편의점으로 달려갔어요. 새들이 한입에 꿀떡꿀떡 삼킬 수 있는 과자가 필요해요. 빨리 먹어야 빨리 쌀 테니까요.

요리조리퐁퐁이 오하루 눈에 띄었어요. 고소하고 달콤해서 오하루도 즐겨 먹는 과자지요. 요리조리퐁퐁은 콩알만 해서 참새가 먹기에는 좀 커요. 그렇지만 비둘기가 먹기에는 딱 좋아요.

이제 집 앞 공원으로 가야 해요. 그곳에 비둘기들이

엄청 많거든요. 이름은 파리공원인데 파리는 한
마리도 없고 비둘기만 많은 공원이에요. 사람보다
비둘기가 더 많을 때도 있어요. 공원 이름을 잘못 지은
것 같지만 지금은 그게 문제가 아니에요. 오하루는

요리조리퐁퐁을 신나게 흔들며 공원으로 달려갔어요.

오하루는 공원 한가운데에서 과자 봉지를 뜯었어요.
부스럭 소리에 뚱뚱한 비둘기들이 뒤뚱거리며 바삐
걸어왔어요. 오하루가 요리조리퐁퐁을 한 주먹 뿌려

주자 숨어 있던 비둘기들까지 우르르 날아왔어요.

"비둘기들아 많이 먹고 많이 싸. 꼭 나한테 똥 싸야
해. 알았지?"

비둘기들은 알았다는 듯 머리를 앞뒤로 흔들었어요.

신나게 뿌려 주다 보니 요리조리퐁퐁이 반 봉지도
안 남았어요. 오하루는 비둘기들이 먹기만 하고
내빼면 어쩌나 걱정이 들었어요.

'아니야, 나도 밥 먹으면서 똥을 싸지는 않잖아. 분명
다 먹고 나면 쌀 거야.'

오하루는 봉지에 남은 과자를 몽땅 뿌려 주었어요.

이제 비둘기들이 똥 싸기만 기다리는데, 어디서 개
짖는 소리가 들렸어요. 그 많던 비둘기들이 순식간에
바람을 일으키며 흩어져 버렸어요.

"야, 이 돼지 비둘기들아! 변비 걸린 욕심쟁이
같으니라고! 먹기만 하고 똥은 안 싸는 게 어디 있냐!"

오하루가 소리쳤어요.

"꼬마야. 여기서 비둘기한테 먹이 주면 안 돼."

개와 함께 산책 나온 아주머니가 안내판을
가리켰어요. 오하루는 얼굴이 확 달아올랐어요.
고개만 겨우 꾸벅하고는 공원에서 뛰쳐나왔지요.

하루에 새똥 세 번 맞기는 정말 쉬운 일이 아닌
것 같아요. 그러니까 소원이 이루어지는 거겠지요.
오하루는 느릿느릿 집으로 향했어요.

오하루는 둥지아파트 주차장에 들어섰어요.
주차장에서 어떤 아저씨가 차를 열심히 닦고
있었어요.

그래! 바로 저거예요.

왜 이제야 아빠 말이 떠올랐을까요? 아빠는 세차만
하면 새들이 차에다 똥을 싼다고 투덜댔거든요.

이번 작전은 깨끗이 닦은 차 위에 누워 있기예요.
오하루는 주차장을 맴돌며 몰래 아저씨 쪽을
힐끔거렸어요.

아저씨는 양동이에 걸레를 넣고 아파트 안으로
들어갔어요. 드디어 차를 다 닦은 모양이에요.
눈부시게 반짝이는 자동차는 마치 오하루를 위한
무대 같았어요. 저 차 위에 누우면 틀림없이 새똥을
맞을 수 있을 거예요. 오하루의 가슴이 콩닥거렸어요.

오하루는 자동차가 있는 곳으로 달려갔어요.
책가방을 벗어 던지고 차 뒷부분을 딛으려다

멈칫했어요. 열심히
차를 닦던
아저씨 모습이
떠올랐거든요. 차에
신발 자국을 남기면 안 될
것 같았어요. 오하루는 신발을
가지런히 벗어 두고 자동차 위로
기어올랐어요. 그리고 팔다리를 쫙
벌리고 누웠지요. 이제 새똥을 맞을
모든 준비가 끝났어요.

"야, 이 녀석아! 차 위에서 뭐 하는 거야? 썩
내려오지 못해?"

깜짝 놀라 일어나 보니 아까 그 아저씨가 무서운
얼굴로 성큼성큼 뛰어오고 있었어요. 오하루는 후다닥
차에서 내려와 신발과 가방을 들고 달렸어요. 지금

저 아저씨한테 잡히면 새똥 대신 날벼락을 맞을 것
같아요.

　얼마나 달렸을까요. 뒤를 돌아보니 아저씨가 안
보였어요. 오하루는 온몸에 힘이 쭉 빠졌어요.

　'사람 약 올리는 것도 아니고, 왜 딱 두 번만
싸냐고.'

　짜증이 난 오하루는 신발과 가방을 내동댕이치며
빽 소리쳤어요.

"제발! 새똥 좀 내 머리에 쏟아부으라……."

툭!

이게 뭐죠? 말이 채 끝나기도 전에 뭔가가 오하루 어깨 위에 떨어졌어요. 설마, 하고 고개를 돌려 보니 허연 게 새똥 맞아요.

세 번째 똥을 맞으면서 무슨 말을 했더라?

갑자기 하늘 멀리서 이상한 기운이 느껴졌어요. 시커먼 비둘기 떼가 먹구름처럼 오하루 쪽으로

날아오고 있어요!

오하루 머릿속에 수십 마리의 비둘기가 자기에게 똥을 쏟아붓는 모습이 그려졌어요.

"안 돼! 소원 취소, 소원 취소……."

오하루는 가장 가까운 아파트 현관으로 뛰었어요. 비둘기 떼가 푸드덕거리며 따라오는 느낌이 들었어요. 떨어지는 새똥보다 더 빨리 달려야 해요!

현관문으로 들어왔지만 안심할 수 없었어요. 복도에서 비둘기를 맞닥뜨린 적이 있거든요. 계단을

허겁지겁 뛰어서 3층에 접어든 그때, 띠리리! 어느 집 문이 열리는 소리에 놀라 그만 넘어지고 말았어요.

"앗! 하루야! 괜찮아?"

이건 분명 한종일 목소리예요. 오늘은 진짜 최악의 날이에요. 하필 한종일에게 최고로 부끄러운 모습을 보여 주다니. 오하루는 얼굴을 푹 숙이고 모르는 사람인 척했어요. 그런데 한종일이 점점 다가오는 게 아니겠어요.

"많이 아파? 못 일어나겠어? 내 손 잡고 일어나 봐. 우리 집에 들어가서 약 바르자."

'손을 잡으라고? 집에 가자고?'

오하루가 깜짝 놀라 고개를 들었어요.

'이게 다 새똥의 힘인가? 어찌 됐든 기회는 왔을 때 잡아야지.'

오하루는 슬그머니 한종일 손을 잡았어요. 그러곤 한종일이 방금 나온 현관문을 가리키며 물었어요.

"여, 여기가 너희 집이야?"

"응."

"그래? 나는 옆 동에 사는데."

한종일이 방긋 웃어 보였어요. 한종일의 미소가
반짝였어요. 마치 먹구름이 걷힌 후에 나타나는
햇살같아요. 오하루는 똥을 싸는 모든 새들에게
고마웠어요.

재수 없는 일 다음에는 행운이
온다더니, 정말 그런가 봐요.

늑대인간이라고?

새똥 사건 이후, 오하루는 한종일과 친해졌어요.
집이 가까운 덕분에 오하루 엄마와 한종일 엄마도
친해졌지요.

　　일요일 아침, 한종일이 자기 엄마와 오하루 집에
찾아왔어요. 엄마들끼리 바깥나들이를 가기로 한
날이거든요. 엄마들은 무척 신나 보였어요.

　　"하루야, 종일이 엄마하고 콧바람 쐬고 올 테니까
종일이랑 아빠랑 잘 놀고 있어!"

　　엄마가 말하고 나갔어요.

　　한종일이 고개를 갸웃했어요.

"콧바람 쐬는 게 그렇게
좋나? 여기서도 쐴 수
있는데."

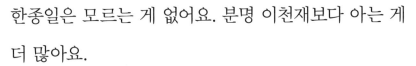

한종일이 오하루에게
집 안에서 콧바람 쐬는
법을 알려 주겠다고 했어요.
한종일은 모르는 게 없어요. 분명 이천재보다 아는 게
더 많아요.

한종일은 오하루보고 얼굴을 들어 보라고 했어요.
그러곤 콧구멍에 입바람을 훅훅 불어 넣었어요.

콧속이 시원해요. 간질간질하기도 해요.

"으하하! 종일아, 너도 얼굴 들어 봐!"

둘은 서로의 콧구멍에 바람을 불어 주며 한참
놀았어요. 콧바람 쐬기는 재밌었어요. 그런데 오래
하니까 어지러웠지요. 천장이 핑글핑글 돌아서
오하루와 한종일은 거실 바닥에 드러누웠어요.

"거봐, 너희 현기증 날 줄 알았다."

소파에 누워 축구를 보던 아빠가 말했어요.

한종일이 아빠한테 물었어요.

"아저씨, 축구 잘해요?"

아빠가 일어나며 물었어요.

"너는 잘하냐?"

"우리 반에서 내가 제일 잘할걸요?"

오하루가 축구공을 챙기며 말했어요.

"나도 축구 잘해. 우리 공 차러 갈래?"

셋은 축구공을 갖고 놀이터로 갔어요.

몸풀기로 축구 패스를 했지요. 한종일이 차는

공은 빠르고 정확했어요. 아빠와 오하루 공은

빠르기만 했어요. 그러다 보니 셋 중 두 번은 엉뚱한

데로 날아간 공을 주우러
달려가야 했어요. 그래도
좋았어요. 그냥 달리는
것보다 공을 보고 달리는 게
훨씬 더 재미있으니까요.

　아빠가 오하루를 향해
공을 뻥 찼어요. 이번에도
공은 오하루 머리 위를 훌쩍 넘어 날았어요.
그러더니 지팡이 짚은 꼬부랑 할머니를 향해 무섭게
날아갔지요. 대포알 같은 공이 할머니를 쾅 맞힐 것
같았어요. 그 순간, 할머니가 허리를 곧게 펴더니
지팡이를 번쩍 들어 대포알을 막았어요. 그러곤
사나운 눈으로 아빠를 째려봤어요.

　그 할머니는 바로 바로 오하루의 할머니였어요.
오하루는 어찌나 놀랐던지 입이 다물어지지 않았어요.

　한종일이 오하루에게 속삭였어요.

"하루야, 저 할머니 좀 봐. 사람의 눈빛이 아니야. 어떻게 지팡이 하나로 저렇게 빠른 공을 막지?"

맞아요. 보통 할머니라면 불가능한 일이에요.

"그렇지? 근데 저 할머니가 우리 할머니야"

아빠가 헐레벌떡 할머니에게 달려가는 걸 보고 오하루와 한종일도 따라갔어요.

오하루는 할머니한테 한종일을 소개했어요. 한종일이 배꼽인사를 하자 할머니가 말했어요.

"오, 귀여운 왕자님이구나."

"멋쟁이 박사님인데요."

오하루 말에 한종일과 할머니가 헤헤 호호 웃었어요.

아빠와 할머니는 놀이터 벤치에 앉아 이야기를 나눴어요.

한종일이 오하루를 미끄럼틀 뒤로 잡아끌었어요.

"하루야, 나 엄청난 걸 발견했어."

"뭔데 그래?"

한종일은 흥분했는지 얼굴이 빨개요.

"너희 할머니랑 아빠, 늑대인간 같아."

오하루는 잘못 들은 줄 알았어요.

"뭐라고?"

한종일이 할머니와 아빠를 힐긋힐긋 훔쳐보며
말했어요.

"내가 요즘 늑대인간을 공부하고 있어. 만화영화에
늑대인간이 나와서 궁금해졌거든."

한종일은 역시 멋있어요. 영화나 책을 보다가
궁금한 게 있으면 공부를 해요. 그러니 아는 것도
많고요. 오하루는 한종일을 좋아할 수밖에 없어요.

한종일이 소곤소곤했어요.

"아까 축구 하면서 늑대인간이 생각났어. 너랑
아저씨 둘 다 힘이 세고 달리기가 빠르잖아.
만화영화에서 늑대인간도 딱 그랬거든. 처음에는
그러려니 했지. 그런 사람도 있으니까. 그런데
너희 할머니를 보고 알았어. 아, 하루네 가족은
늑대인간이구나. 너도 봤지? 할머니 눈빛 변하는 거?"

오하루도 봤어요. 그래도
늘대인간이라니. 아무래도 아닌 것
같았어요.

오하루가 머리를 갸우뚱하자
한종일이 계속 말했어요.

"잘 생각해 봐. 너희 아빠가
늑대 같았던 적 없어? 혹시 너처럼
젓가락질 잘 못하지 않아?"

오하루는 심장이 쿵 떨어졌어요.

"어떻게 알았어?"

"먹을 때도 너처럼 빨라? 얼굴 막
일그러뜨리면서 빨리 먹어?"

"마, 맞아."

"너처럼 고기 좋아해?"

"어? 응."

"너희 할머니는 어때?"

"할머니도 똑같아……."

그러고 보니 오하루도 생각나는 게 있어요.

오하루 할머니는 지팡이를 짚고 달팽이처럼 느리게 다녀요. 할머니가 길을 건널 때면 차들이 기다리다 지쳐 빵빵거려요. 이렇게 느린 할머니도 한 번씩 깜짝 놀랄 정도로 빠를 때가 있어요.

오하루가 할머니를 따라 마트에 갔을 때였어요. '돼지갈비 반값 세일! 선착순 열 명……' 방송이 끝나기도 전에 할머니는 달렸어요. 지팡이를 높이 쳐들고 누구보다 빠르게 고기 코너로! 그래, 그 모습은 먹잇감을 발견한 늑대였어요.

이 얘기를 하니까 한종일이 눈을 커다랗게 떴어요.

"퍼즐이 맞춰졌어. 너희 가족은 늑대인간이야."

오하루는 여전히 아리송했어요.

"그런데 우리는 한 번도 늑대로 변신한 적 없어."

한종일이 또박또박 말했어요.

"늑대인간의 피를 이어받았지만 변신하지 못하는 경우가 있어. 인간과 늑대인간 사이에서 태어난 경우가 그래. 너의 할머니의 할머니의 할머니의 할머니, 그 누군가는 분명 늑대인간이었을 거야."

역시 한종일은 아는 게 많아요. 그래도 오하루는 뭔가 이상했어요.

"우리 엄마는 밥도 찔끔찔끔 먹고 고기 안 좋아해. 국수 좋아하지. 호로록호로록 국수 먹는 늑대? 난 늑대가 국수 먹는다는 소리 못 들어 봤어."

"맞아. 너희 엄마는 늑대인간이 아니고 사람이니까."

"그럼 어떻게 아빠랑 결혼했어?"

"말했잖아. 늑대인간도 사람이랑 결혼한다고. 서로 다른 나라 사람들끼리 결혼하는 것처럼 말이야. 아직도 모르겠어? 너희 아빠가 늑대인간이라는 사실을 숨기고 결혼한 거야. 아니면 너희 엄마가 다 알면서 결혼한 걸 수도 있고."

　얼마 후, 콧바람 쐬러 갔던 엄마들이 오고,
한종일은 집에 갔어요. 오하루는 침대에 누워
생각했어요.

　'정말 우리 가족이 늑대인간일까?'

　그러다 우연히 책꽂이를 봤어요. 엄마가 책을
가까이하라며 하루 방에 책을 잔뜩 꽂아 두었지요.
이럴 수가. 왜 이제야 알았을까요. 제목에 '늑대'가
들어간 책이 유난히 많았어요. 『큰 늑대 작은 늑대』

『소녀를 사랑한 늑대』『늑대는 간식을 먹지 않아』

『뭐든지 무서워하는 늑대』『팬티 입은 늑대』『늑대가

된 아이』『최후의 늑대』『줄리와 늑대』…….

'엄마는 나 스스로 알아차리길 바란 걸까. 내가

늑대인간이라는 걸.'

오하루는 거실로 뛰쳐나갔어요.

엄마는 텔레비전을 보고 있었어요. 하필 늑대

다큐멘터리였지요.

"늑대는 의리가 넘치는 동물이죠. 무리 생활을 하며, 사냥을 할 때는……."

오하루는 성우 아저씨보다 더 큰 목소리로 엄마에게 물었어요.

"엄마, 이거 왜 봐?"

"응?"

"왜 늑대를 보고 있냐고!"

엄마가 하루를 쳐다보지도 않고 대충 말했어요.

"왜? 보면 안 돼? 엄마 늑대 좋아하잖아."

"느, 늑대가 왜 좋은데?"

"멋있잖아. 자기 짝을 얼마나 위하는지 몰라. 책임감 있고."

엄마는 텔레비전에서 눈을 떼지 않고 대답했어요.

오하루는 충격을 받아 머뭇거리다가 겨우 물었어요.

"그래서 아빠랑 결혼한 거야? 아빠가 늑대……."

"뭐, 그런 것도 있지."

엄마가 오하루 말을 뚝 잘랐어요. 금방이라도 화면 속으로 들어가 늑대들과 뛰어놀 것 같은 표정으로요. 엄마는 아빠가 늑대인간이라는 사실을 알고도 결혼했나 봐요. 사람들은 늑대인간을 괴물이라고 생각하지만, 엄마는 괴물을 사랑했어요. 이보다 슬픈 사랑 이야기는 없을 거예요.

오하루는 외톨이가 될 것 같았어요. 아빠가 늑대인간이라면 자기도 늑대인간이니까요. 아무도 괴물을 좋아하지 않을 테니까요.

다음 날 아침, 오하루는 몸이 무거웠어요. 한종일 표정이 계속 생각났어요. 한종일은 늑대인간 이야기를 하며 눈이 커지고 얼굴이 빨개졌어요. 오하루가 괴물이라 싫어진 건 아닐까요? 새똥의 기적은 끝나 버린 걸까요? 새똥을 세 번 맞고부터는 항상 한종일과 학교에 같이 갔어요. 그런데 오늘부터는 혼자 가게 될

것 같아요.

오하루는 현관문을 힘없이 열었어요.

"왜 이렇게 늦게 나와? 지각하겠어!"

문 앞에서 기다리던 한종일이 소리쳤어요. 그리고
오하루 손을 잡고 뛰었어요. 오하루는 너무 놀라서
그냥 따라 뛸 수밖에 없었어요.

학교 앞에서 둘을 본 이천재가 놀렸어요.

"으악! 오하루랑 한종일이랑 손잡았다!"

그러자 한종일이 오하루 손을 더 꼭 잡았어요.
오하루가 물었어요.

"너, 내가 늑대인간인데도 괜찮아?"

한종일은 숨이 차서 헉헉거리며 답했어요.

"뭔 소리야, 늑대인간이 얼마나 멋있는데! 하지만
다른 사람들한테는 비밀로 해야 해. 무서워하니까.
알았지?"

오하루 마음이 몰캉해졌어요. 늑대인간이면 어때요.

나를 좋아해 주는 사람 한 명만 있으면 충분해요.

"응, 알았어!"

오하루는 한종일 손을 잡고 달렸어요.

바람이 시원하게 불어 왔어요.

쉬는 시간이었어요. 복도에서 한종일 목소리가 들렸어요.

"내놔!"

나가 보니 한종일이랑 김민경이 마주 서 있었어요. 한종일이 소리쳤어요.

"내 거야! 내 과자!"

김민경은 과자 봉지를 움켜쥐고 말했어요.

"나눠 먹자 좀."

"이건 나눠 먹는 게 아니잖아. 너 혼자 먹는 거지!"

한종일이 도로 뺏으려 했지만 김민경은 요리조리 피하며 과자를 먹었지요.

'감히 한종일의 먹을 것에 손을 대다니!'

오하루는 몸이 뜨거워지고 입에서 김이 풀풀 났어요. 굵다란 회색 털이 숭숭 돋아나고, 송곳니와 손톱이 뾰족해지며 커지는 것 같았어요.

오하루는 으르렁 부르짖었어요. 그리고 빠르게

달려가 높이
뛰어올랐어요.
오하루는 김민경
등에 올라타 과자 봉지를
낚아챘어요. 그러자 김민경은 먹이를

빼앗긴 하이에나처럼 오하루를 내동댕이쳤어요. 눈 깜짝할 사이에 일어난 일이었어요.

김민경은 바닥에 쓰러진 오하루를 보고 잠깐 주춤했어요. 하지만 과자 봉지를 노리고 다시 달려들었지요. 오하루는 과자 봉지를 꼭 쥐고 커다란 송곳니를 내보였어요. 으르렁거리는 것도 잊지 않았죠. 김민경은 거침없이 과자 봉지로 손을 뻗었어요.

"뭐 하는 거야!"

담임 선생님의 목소리가 쩌렁쩌렁 복도를 울렸어요. 김민경이 어물어물하며 물러섰어요. 오하루는 일어날 수가 없었어요. 팔꿈치가 까진 걸 이제 알았어요. 김민경 등에서 떨어지며 다친 거예요.

모여 있던 애들 사이에서 이천재가 나왔어요. 이천재는 오하루 팔꿈치를 살피더니 말했어요.

"관절 다치면 오래간다던데. 우리 할아버지가 그랬어."

이천재 말에 김민경이 안절부절못했어요. 오하루는
눈물이 났어요.

선생님이 오하루 옆에 쪼그리고 앉아 물었어요.

"일어날 수 있겠어? 보건실 다녀와야겠다."

옆에서 한종일 목소리가 들렸어요.

"선생님, 제가 같이 갔다 올게요."

한종일은 오하루를 일으켜 세웠어요.

"깜짝 놀랐잖아. 갑자기 달려들면 위험해."

오하루는 끅끅 울면서 과자 봉지를 내밀었어요.

"이, 이건……."

한종일이 당황하며 과자 봉지를 받았어요.

둘은 보건실에 도착했어요. 선생님이 오하루
팔꿈치에 연고를 발라 주자 한종일이 말했어요.

"흉터 남지 않는 밴드도 붙여 주세요."

정말이지 한종일은 모르는 게 없어요.

교실로 돌아가려는데 한종일이 과자 봉지를

오하루에게 건넸어요.

"먹어. 네가 지킨

거야."

오하루가 시무룩하게

말했어요.

"지키기는……. 나는

늑대인간인데 왜 이리

약할까. 싸움도 못하고."

다시 눈물이 나오려 했어요. 한종일이 고개를

갸웃했어요.

"싸움 잘한다고 강한 거냐? 그리고, 늑대인간이

싸움 못할 수도 있지."

"그럼 넌 늑대인간이 왜 좋은데?"

한종일이 오하루 얼굴을 보고 활짝 웃으며

말했어요.

"의리가 있잖아."

"의리?"

"응, 의리. 서로 믿고, 지켜 주고, 끝까지 배신하지 않는 거."

오하루는 코를 훌쩍이며 한종일을 바라봤어요. 의리라면 확실히 있는 것 같았어요.

한종일이 과자 봉지와 오하루를 번갈아 보고 물었어요.

"안 먹어?"

오하루는 눈가에 맺힌 눈물을 쓱 닦고 대답했어요.

"먹어."

오하루는 과자를 한 움큼 입에 넣고 남은 과자를 한종일에게 주었어요. 의리 있는 오하루답게 말이지요.

수업이 끝나고 이천재랑 김민경이 오하루랑 한종일을 불렀어요. 이천재가 오하루에게 물었어요.

"관절은 어때?"

오하루가 아무렇지 않다는 듯 팔을 굽혔다 폈다 해

보였어요.

　그러자 김민경이 오하루와 한종일에게 말했어요.

　"그럼, 공 차러 가자!"

　오하루와 한종일은 마주 보고 헤벌쭉 웃었어요. 공
차러 가자는 말이 이렇게 들렸거든요.

　'미안해. 우리 사이좋게 지내자!'

　축구공이 운동장을 가로질렀어요. 아이들이
둥글둥글 축구공을 뒤쫓았어요.

하루야
빨리 와~

둥지산 도깨비 방망이

오늘은 둥지초등학교 2학년 2반이 둥지산에 가는
날이에요. 둥지초등학교 학생들은 한 달에 한 번
둥지산에 가요. 학교 바로 뒤에 있는 자그마한 산이라
길 잃을 걱정이 없어요.

아이들은 저마다 준비물을 챙겨요. 산에서 그림을
그리고 싶은 아이는 그림 도구를, 책을 읽고 싶은
아이는 책을 준비하지요. 음악을 연주하고 싶은
아이는 리코더나 오카리나 같은 악기를 준비하고요.
오하루는 튼튼한 다리를 준비했어요. 신나게 뛰어놀고
싶었거든요.

둥지산 입구에서 둥지산 지킴이 할머니가 아이들을
반갑게 맞아 주었어요. 둥지산 입구에는 아파트
경비실만 한 통나무집이 있어요. 지킴이 할머니가
항상 앉아 있는 집이에요. 할머니는 아이들이 놀러
오는 걸 좋아해요.

둥지산 나무 놀이터에 도착하자 선생님이 말했어요.

"지금부터 자유 시간이에요. 각자 하고 싶은 것을
하고 열한 시에 이 자리로 다시 모일게요. 모여서
오늘 새롭게 알게 된 것이나 재미있었던 일에 대해
이야기를 나눌 거예요. 이따가 만나요!"

아이들은 놀이터로 산속으로 흩어졌어요. 오하루는
산을 탐험하기로 했어요. 한종일과 이천재, 김민경도
함께 가겠다고 했어요.

오하루는 콧노래를 흥얼거렸어요. 날씨도 좋고
발걸음이 가벼웠지요.

그런데 갑자기 바닥이 물컹했어요.

"악!"

오하루가 깜짝 놀라 비명을 질렀어요. 바로 뒤에서 따라오던 이천재도 소리를 질렀어요.

"으악, 오하루 똥 밟았다!"

오하루는 바닥에 뭉개진 덩어리를 보고 자기 신발 바닥을 봤어요. 개똥이에요.

김민경과 이천재가 배를 잡고 웃어 댔어요.

"새들이 개들한테 소문냈나 봐. 오하루한테 똥
싸라고. 으하하하!"

이천재가 웃음을 멈추려고 애쓰며 말했어요.

"개똥도 세 번 밟아 봐. 혹시 모르잖아. 소원이
이루어질지."

오하루는 아무 데나 똥을 싼 개도, 놀리는 김민경과
이천재도 얄미웠어요. 전에 새똥을 맞았을 때는
당황했지만, 지금은 그때의 오하루가 아니에요.

오하루는 똥 묻은 신발을 김민경과 이천재에게
휘두르며 소리쳤어요.

"개똥 맛 좀 볼래?"

"으악, 냄새!"

"오하루, 너랑 못 놀겠어. 냄새나서!"

김민경과 이천재는 꺅꺅 비명을 지르며 도망쳤어요.

한종일이 손가락으로 코를 막고 오하루에게
다가왔어요.

"나도 개똥 밟아 봤어. 그럴 땐 이렇게 닦으면 돼."

한종일은 몸통과 다리를 비틀며 트위스트 춤을 췄어요. 누구에게나 친절하고 아는 것도 많은 데다가 춤까지 잘 추다니! 오하루는 한종일이 더욱더 좋아졌어요.

오하루는 한종일을 따라 춤을 췄어요. 김민경과 이천재가 멀리서 이 모습을 보고 또 웃었지만 상관없었어요. 한종일이랑 춤을 추다니, 아무 데나 똥을 싼 개에게 오히려 고마웠지요.

한종일이 춤을 추며 물었어요.

"이제 개똥 다 떨어졌어?"

"아니, 아직 멀었어!"

오하루는 신발 바닥을 보지도 않고 답했어요. 한종일이랑 춤을 더 추고 싶었거든요.

이마에 땀이 송골송골 맺힐 즈음, 오하루가 말했어요.

"이제 됐어. 고마워, 종일아. 우리 딴 데 가서 놀자."

그러곤 멀찌감치 서 있던 김민경과 이천재에게 큰 소리로 외쳤어요.

"너희는 따라오지 마! 냄새난다며!"

김민경과 이천재는 멋쩍어 어깨를 으쓱했어요.

오하루와 한종일은 다시 가벼운 발걸음으로 산을 돌아다녔어요. 똥탑 쌓는 지렁이도 구경하고,

풀숲에서 거미 허물도 봤어요.

그러다 분홍빛 숲을 발견했어요. 둥지산에 몇
번이나 와 보았지만, 분홍 꽃이 가득 핀 모습은
처음이었어요.

그때 커다란 나무 뒤에서 지킴이 할머니가 불쑥
나타났어요.

　　"으악, 깜짝이야!"

　　오하루와 한종일이 동시에 소리를 질렀어요.

　　"할머니가 왜 여기 있어요?"

　　오하루가 물었어요.

　　"이 산이 내 집인데 어디 있든 내 마음이지."

　　지킴이 할머니 말에 누군가 낄낄댔어요. 김민경과
이천재였어요. 오하루와 한종일을 살금살금 따라왔나
봐요.

　　"으이그, 이리 와."

　　오하루가 김민경과 이천재를 가까이 오라고
불렀어요.

　　이천재가 분홍 꽃이 가득 핀 나무를 가리키며
지킴이 할머니에게 물었어요.

　　"할머니, 얜 이름이 뭐예요?"

지킴이 할머니가 답했어요.

"박태기나무. 밥알을 사투리로 '밥티기'라고 하는데, 거기서 나온 이름이야. 꽃잎이 밥알처럼 생겼잖아. 배고픈 시절에는 뭐든 먹을 거로 보였거든."

한종일이 맞장구쳤어요.

"맞아요. 이팝나무 조팝나무도 꽃잎이 밥알을 닮았잖아요."

김민경도 나섰어요.

"저도 보름달을 보면 알사탕으로 보이고 별을 보면 별사탕으로 보여요. 저는 항상 배고프거든요."

지킴이 할머니가 깔깔 웃었어요.

"그렇다고 달 따먹고 별 따먹고 그러진 말아라. 그러면 밤하늘이 얼마나 캄캄해지겠냐."

오하루는 지킴이 할머니가 좋았어요. 할머니랑 있으면 재밌는 일이 생길 것 같았지요.

"할머니, 이제 어디 가요?"

"내 장난감이 잘 있나 보러 가는 길이다."

아이들 눈이 동그래졌어요.

"할머니 장난감이요?"

"보여 주세요, 할머니 장난감!"

지킴이 할머니가 따라오라고 손짓했어요. 아이들은
할머니 뒤를 졸졸 따라갔어요. 오솔길 양옆으로
박태기나무가 빽빽했어요.

숲길을 걷다 보니 빈터가 나왔어요. 박태기나무로
둘러싸인 그곳엔 둥그런 방방이 하나가 놓여
있었어요. 지킴이 할머니가 방방이 위로 올라가며
말했어요.

"이게 내 장난감이다. 마음껏 뛰놀고 싶은데 무릎이
시원찮아서 하나 마련했지."

지킴이 할머니가 방방이 위에서 퐁퐁 뛰었어요.
할머니가 하늘 위로 뛰어오르자 나무에 앉아 있던
산새들이 푸드덕푸드덕 날아갔어요.

아이들은 할머니를 부러운 듯 바라봤어요.

"뭐 하냐? 안 올라오고?"

할머니가 손짓하자 아이들이 와, 하며 방방이 위로
올라갔어요.

"할머니이! 무릎 관절에엔! 도가니가아! 좋대요오!
우리 할아버지가아! 그랬어요오!"

이천재가 하늘 높이 뛰며 소리쳤어요.

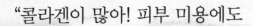

"콜라겐이 많아! 피부 미용에도
좋대요오!"
　한종일이 하늘 높이
솟아오르며 덧붙였어요.
　"쫄깃쫄깃! 맛도
좋이요오!"
　김민경이 노래하듯
말했어요.

방방이 위에서는 몸이 나비처럼 가벼웠어요. 그래서

높이높이 뛰어오를 수 있었어요. 오하루 발밑으로

박태기 숲이 내려다보였지요. 꺅꺅 비명 소리와

까르르 웃음소리가 둥지산 가득 울려

퍼졌어요.

어느덧 자유 시간이 끝났어요. 2학년 2반 아이들이 나무 놀이터에 다시 모였어요. 한 명씩 돌아가며 오늘 둥지산에서 무얼 했나 이야기했지요.

박지우가 앞으로 나가 스케치북을 펼쳤어요.

"저는 하늘이 예뻐서 하늘을 그렸어요."

도화지에는 파란 바탕에 하얀 동그라미 몇 개가 그려져 있었어요.

"그림을 그리는 건 오래 걸리지 않았어요. 하늘을 보는 건 오래 걸려서 계속 누워 있었어요."

허주노는 짧은 시를 발표했어요.

"제목, 쉼. 허주노. 하늘이 좋아 편히 쉴 때면 내 가슴은 하늘을 향해."

"주노도 하늘을 보려고 계속 누워 있었구나."

선생님 말에 허주노가 고개를 끄덕였어요.

오하루는 맨날 보는 하늘이 뭐가 특별한지 모르겠어요. 그러다 박지우와 허주노가 학원을

얼마나 많이 다니는지 생각났어요. 평소에는 캄캄한
밤하늘만 보니까 둥지산 파란 하늘이 새로웠나 봐요.
오하루는 친구들에게 더 신나는 이야기를 들려주고
싶었어요.

오하루가 자리에서 일어났어요.

"저는 지킴이 할머니 장난감을 갖고 놀았어요."

아이들이 웅성거렸어요. 오하루는 조용해지기를
기다렸다가 말을 이었어요.

"한종일, 이천재, 김민경이랑 여기저기 구경
다니다가 분홍빛 숲을 발견했거든요. 거기서
지킴이 할머니가 도깨비처럼 짠! 나타났어요. 할머니
장난감이 잘 있는지 보러 가는 길이라고 했어요."

박지우가 궁금해 못 참겠다는 듯이 큰 소리로
물었어요.

"할머니 장난감이 뭔데?"

"설마 도깨비 방망이야?"

허주노도 물었어요.

오하루는 입꼬리를 씩 올렸어요.

"땡! 방망이가 아니라 방방이예요."

다른 친구가 물었어요.

"산 위에 방방이가 있다고?"

오하루가 두 번째 손가락을 치켜세웠어요.

"어쩌면 할머니는 진짜 도깨비일지도 몰라요.
도깨비니까 못 할 게 없어요."

김민경, 이천재, 한종일이 고개를 끄덕였어요.

"우리는 할머니 방방이를 타고 하늘 높이
뛰었어요. 얼마나 높았는지 하늘을 나는 새하고 눈이
마주쳤다니까요."

오하루의 말에 아이들이 피식피식 웃었어요. 그러자
한종일이 진지한 얼굴로 나섰어요.

"정말이야. 얼마나 높이 튀어 오르던지! 웬만한
놀이기구보다 더 짜릿했다니까!"

"난 하늘 높이 올라가서 구름을 따 먹고 왔어.
구름은 솜사탕 맛이야."

김민경이 입맛을 다시며 말했어요.

"난 비행기랑 악수도 했어."

이천재도 손을 흔들었어요.

그러자 허주노가 눈을 끔뻑이며 말했어요.

"나, 아까 본 것 같아. 비행기랑 악수하는 이천재."

박지우도 말했어요.

"어쩐지 구름 모양이 자꾸 변하더라. 그래서 그림을 그리기 어려웠다니까. 그게 다 김민경 때문이었다니!"

"하늘을 날면 좋은 시가 떠오를 것 같아."

"구름 속에서 오카리나를 연주해 보고 싶어."

반 친구들이 방방이에 대해 한마디씩 하면서
깔깔거렸어요.

오하루가 손을 번쩍 들어요.

"선생님, 우리 다 같이 도깨비 방방이 타러 가요!"

한종일이 덧붙였어요.

"함께 놀면 더 재밌을 것 같아요!"

선생님이 물었어요.

"그럴까? 여러분은 어때요?"

아이들이 모두 큰 소리로 답했어요.

"좋아요!"

즐거움은 나누면 커진다더니, 정말 그런가 봐요.

분홍빛 박태기 숲 위로 오하루와 친구들이
높이높이 날아올랐어요. 교실에선 애벌레인 아이들이
산으로 와 나비가 되었어요.

방방이 타러 가자!

생일 초를 불지 마!

현 관

경 비

문 열림

메 뉴

통 화

오늘은 오하루의 생일이에요. 그래서 김민경, 이천재와 엄마들까지 선물과 음식을 싸 들고 놀러 왔어요. 한종일 엄마는 오지 못했지만 오하루가 가장 좋아하는 초콜릿케이크를 보내 줬어요.

지금 오하루 앞에는 초콜릿 가루를 잔뜩 뿌린 케이크가 놓여 있어요. 케이크 위에는 아홉 개의 생일 초가 타오르고 있고요.

"생일 축하합니다, 생일 축하합니다. 사랑하는 오하루, 생일 축하합니다!"

한종일이 오하루에게 말했어요.

"소원 빌고 촛불 불어! 소원은 비밀로 해야 하는 거
알지?"

오하루가 눈을 반짝이며 촛불을 바라봤어요. 어떤
소원을 빌까 고민하면서요.

그때였어요.

"에에에에엣취!"

이천재가 갑자기 재채기를 했어요. 그 바람에
촛불이 몽땅 꺼지고 말았어요.

"으앙! 이천재 너 뭐야!"

오하루가 소리쳤어요. 이천재 엄마도 소리를
질렀어요.

"이천재! 기침할 땐 입을 가려야지. 고개도 돌리고!"

오하루 엄마는 하필 이 모습을 사진으로 찍었어요.

펑! 오하루 마음은 터지고 말았어요. 생일 축하
노래를 들으며 마음이 얼마나 부풀었는데요.

"아유, 아줌마가 미안해. 초에 불붙이고 다시 하자."

"그래, 하루야. 생일 축하 노래 또 듣고 좋네!"

"하루야, 미안해……."

다들 이렇게 말하니 오하루는 기분이 곧 풀렸어요.
아홉 개의 초에 다시 불이 붙었고요. 이천재 엄마는
누구보다 크게 생일 축하 노래를 불렀어요. 이천재는
쭈뼛쭈뼛 오하루 눈치를 보며 따라 불렀어요.

"생일 축하합니다, 생일 축하합니다. 사랑하는
하루의 생일 축하합니다!"

후!

이런! 김민경이 오하루보다 빨랐어요. 김민경은
아차, 하는 표정이었어요. 촛불을 보면 누구나 마음이
들뜨지요. 안 좋았던 일은 싹 잊게 되고요. 예를 들어
이천재가 방금 자기 엄마한테 혼난 일 같은 거요.
　촛불이 꺼진 거실은 어둑했어요. 오하루는 입을
삐죽거리며 눈물을 흘렸어요. 한종일이 잽싸게
손수건을 건네줬어요. 오하루 엄마는 이 모습을 또

사진으로 찍었어요.

김민경 엄마가 무서운 표정을 지으며 말했어요.

"김민경. 엄마가 경고했지. 친구 생일 초는 끄지
말라고."

맞아요. 김민경은 친구 생일 케이크의 촛불을
끄면 안 된다는 걸 알고 있어요. 하지만 아는 것과
행동하는 것은 달라요. 흔들리며 빛나는 촛불을 보면
김민경 마음도 흔들려요.

김민경 엄마는 자리에서 일어나 빈방으로 향했어요.

"너 따라와."

한종일은 눈이 똥그래져서 오하루를 봤다 김민경을
봤다 김민경 엄마를 봤어요. 이런 일은 처음이라 좀
놀란 눈치였어요. 김민경이 슬프게 말했어요.

"아니, 아니. 나 케이크 먹을 거야."

"쓰으읍!"

김민경 엄마가 뱀 소리를 냈어요. 김민경이 자기

엄마를 따라 터덜터덜 방으로 들어갔어요. 곧 방문이
닫혔어요.

김민경이 촛불을 얼마나 세게 불었는지 예쁜
초콜릿케이크가 엉망이 됐어요. 케이크 위에 소복이
앉았던 초콜릿 가루가 몽땅 날아가 상에 떨어져
버렸지요.

김민경은 오하루가 얼마나 속상한지 모를 거예요.
오하루는 김민경이 식구도 친척도 많다는 걸 떠올리며
생각했어요. 이제껏 엄마 아빠 두 동생 할머니
할아버지 삼촌 숙모 이모 고모 생일 케이크의 촛불을
다 꺼 왔으니 그 소중함을 모를 거라고요.

잠시 후 김민경 엄마가 혼자만 방문을 열고
나왔어요. 방 안에서 김민경이 훌쩍이는 소리가
들렸어요.

"하루야, 아줌마가 민경이 혼내 줬어."

하지만 이미 생일 촛불은 꺼졌어요. 케이크도

엉망이 됐고요. 오하루가 눈물을 뚝뚝 흘리고 있는데
이천재가 말했어요.

"액땜했다고 생각해."

오하루는 이게 뭔 소린가 하고 이천재를 봤어요.

"우리 할아버지가 그러는데……."

이번에는 이천재 엄마가 무서운 뱀 소리를 냈어요.
결국 오하루는 액땜이 뭔지 알 수 없었어요.

다시 초에 불이 붙었어요. 울면서 보는 촛불은
어룽어룽해서 예뻤어요. 케이크 위에 별이 뜬 것
같았지요.

친구들이 다시 생일 축하 노래를 불러 줬어요.
이번에는 김민경 엄마 목소리가 가장 컸어요.

"생일 축하합니다, 생일 축하합니다. 사랑하는
오하루, 생일 축하합니다!"

아무리 좋은 노래도 계속 들으면 지겨워요. 그래도
오하루는 괜찮았어요. 촛불만 끄면 되니까요.

후!

오하루는 소원도 빌지 않고 빠르게 촛불을
불었어요. 다들 손뼉을 치며 진심으로 축하해 줬어요.
오하루 엄마는 또 사진을 찍고 만족스러운 표정을
지었어요. 그러고는 케이크 위에서 녹아내린 초를
뽑으며 말했지요.

"자, 이제 케이크 먹자."

방 안에서 김민경의 울음소리가 더욱 커졌어요.
김민경은 웃음소리만큼 울음소리도 컸어요. 이건
즐거운 생일 파티가 아니에요. 눈물의 생일 파티죠.

김민경 엄마가 오하루에게 억지로 웃어 보이며
말했어요.

"민경이는 케이크 먹지 말라고 했거든."

맙소사! 먹지 말라는 소리가 김민경에게는 제일
슬픈 말일 거예요. 김민경이 오하루의 생일 파티
초대를 받고 얼마나 좋아했는지 몰라요. 맛있는 거

많이 먹을 수 있다고요. 그중에서도 케이크가 제일
먹고 싶다고 했어요.

　"아이, 민경 엄마도 너무 했다. 어떻게 먹을 것 갖고
그래."

　엄마는 호호호 웃으면서 케이크 조각을 나누어
주었어요.

　"우리 하루, 초콜릿케이크 좋아하지? 맛있게 먹어."

오하루는 초콜릿케이크를 조금 떠먹었어요. 김민경 울음소리를 들으며 먹는 케이크는 맛이 없었어요. 그런데 이천재와 엄마들은 케이크를 맛있게 먹고 있어요. 심지어 누구에게나 친절한 한종일마저도요. 어떻게 이럴 수 있죠!

오하루는 며칠 전 둥지산에 가서 깨달은 것이 있어요.

'즐거움은 나누면 커진다.'

그렇다면 맛있는 초콜릿케이크도 나눠 먹으면 더 맛있어지겠지요.

오하루는 자리에서 일어났어요. 자기가 아니면 아무도 김민경에게 케이크를 가져다주지 않을 것 같았어요. 오하루는 상에 떨어진 초콜릿 가루를 긁어모아 케이크 조각 위에 가득 올렸어요. 그리고 혹시나 가루가 날아갈까 봐 조심조심 접시를 들고 방으로 갔어요.

오하루가 살그머니 방문을 열었어요.

"김민경, 이거 먹어."

엎어져서 울고 있던 김민경이 고개를 들고 오하루와 케이크를 봤어요. 김민경은 눈물을 닦고 케이크를 먹으며 말했어요.

"미안해. 나도 모르게 그랬어……. 그 대신에 다음 달 우리 엄마 생일에 너 초대해서 촛불 끄게 해 줄게.

케이크 맛있다. 한 입 먹어
볼래?"

김민경이 케이크를 크게
떠 오하루에게 내밀었어요.
오하루는 김민경이 주는
케이크를 받아먹었어요.
입안 가득 초콜릿 향이 퍼졌어요. 김민경이 주는
케이크는 참 맛있었어요. 역시 맛있는 건 나눠 먹으면
더 맛있어져요.

잠시 후 한종일과 이천재가 방 안으로 얼굴을
빼꼼히 들이밀었어요. 우리만 빼고 너네끼리 뭐 하니,
하는 표정으로요. 오하루는 아차 싶었어요. 친구들을
초대해 놓고 방에 들어와 앉아 있다니! 오하루가
자리에서 일어나며 물었어요.

"우리 공 차러 갈래?"

"그래!"

한종일과 이천재, 김민경이 웃으며 답했어요. 공
차러 가자는 말이 이렇게 들렸거든요.

"우리 다 같이 놀자!"

오하루와 친구들은 즐거움을 나누러 놀이터로
뛰어나갔어요.

하루하루 오하루: 새똥을 세 번 맞은 날

ⓒ2024 글 윤성은 · 그림 김보라

초판인쇄 2024년 11월 18일 | **초판발행** 2024년 11월 27일

지은이 윤성은 | **그린이** 김보라 | **책임편집** 강지영 | **편집** 정현경 이복희 | **디자인** 신수경

마케팅 정민호 서지화 한민아 이민경 왕지경 정유진 정경주 김수인 김혜원 김예진

브랜딩 함유지 함근아 박민재 김희숙 이송이 김하연 박다솔 조다현 배진성

저작권 박지영 형소진 최은진 오서영 | **제작** 강신은 김동욱 이순호 | **제작처** 더블비(인쇄), 천광인쇄사(제본)

펴낸곳 (주)문학동네 | **펴낸이** 김소영 | **출판등록** 1993년 10월 22일 제2003-000045호

주소 10881 경기도 파주시 회동길 210 | **전자우편** kids@munhak.com | **홈페이지** www.munhak.com

카페 cafe.naver.com/mhdn | **인스타그램** @kidsmunhak | **트위터** @kidsmunhak

북클럽 bookclubmunhak.com | **대표전화** (031)955-8888 | **팩스** (031)955-8855

문의전화 (031)955-3576(마케팅) (02)3144-3238(편집) | **ISBN** 979-11-416-0158-4 73810

잘못된 책은 구입하신 서점에서 교환해 드립니다. 기타 교환 문의: (031)955-2661, 3580

어린이제품 안전특별법에 의한 기타표시사항 제품명 도서 | 제조자명 (주)문학동네 | 제조국명 한국 | 사용연령 7세 이상